A MELHOR
AMIGA DE
Anne

CB026093

TAMBÉM DISPONÍVEL NESTA SÉRIE

A Chegada de Anne

Para meus melhores amigos, de perto e de longe

–K.G.

Para Gemma

–A.H.

Com eterna gratidão a L.M. Montgomery por criar a história clássica que foi a inspiração para este livro.

Dados Internacionais de Catalogação na Publicação (CIP) de acordo com ISBD

G447m George, Kallie
A melhor amiga de Anne / Kallie George ; traduzido por Patrícia Chaves ; ilustrado por Abigail Halpin. - Jandira, SP : Ciranda Cultural, 2021.
64 p. : il. ; 15,5cm x 22,6cm.

Tradução de: Anne's kindred spirits
ISBN: 978-65-5500-549-3

1. Literatura infantojuvenil. 2. Amizade. I. Chaves, Patrícia. II. Halpin, Abigail. II. Título..

CDD 028.5
2020-2729 CDU 82-93

Elaborado por Odilio Hilario Moreira Junior - CRB-8/9949
Índice para catálogo sistemático:
1. Literatura infantojuvenil 028.5
2. Literatura infantojuvenil 82-93

Título original: *Anne's kindred spirits*
Publicado pela primeira vez no Canadá em 2019.
Publicação feita em acordo com a Tundra Books, uma divisão
da Penguin Random House Canada Limited.

Tradução: Patrícia Chaves
Revisão: Ana Paula de Deus Uchoa
Diagramação: Ana Dóbon
Produção: Ciranda Cultural

1ª Edição em 2021
www.cirandacultural.com.br

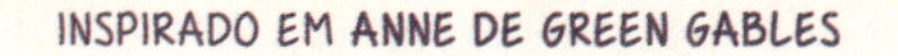
INSPIRADO EM ANNE DE GREEN GABLES

A MELHOR AMIGA DE Anne

ADAPTAÇÃO:
KALLIE GEORGE

ILUSTRAÇÕES:
ABIGAIL HALPIN

Ciranda Cultural

CAPÍTULO 1

O dia nasceu claro e alegre em Green Gables. Anne e Marilla estavam olhando para três vestidos sobre a cama de Anne. Eles eram todos muito simples. Anne gostaria que eles tivessem mangas bufantes.

– Você não gostou deles? – perguntou Marilla.

– Eu posso *imaginar* que gosto deles – respondeu Anne.

Marilla suspirou.

– Eu não quero que você imagine. São vestidos simples e confortáveis. Agora, vista um deles. Vamos visitar a sra. Barry e sua filha, Diana. Ela tem a sua idade.

– Ah! – Anne esqueceu as mangas bufantes. Ela queria ter uma amiga do peito, alguém com quem tivesse afinidade e que fosse sua melhor amiga.

Agora que estava morando em Green Gables, a maior parte dos seus sonhos tinha se tornado realidade. Exceto esse.

– Mas, Marilla, e se Diana não gostar de mim? – disse Anne, enquanto elas iam a pé para a fazenda da sra. Barry, que se chamava Orchard Slope. – Seria a decepção mais trágica da minha vida.

– Não se preocupe. Apenas tente não fazer um dos seus discursos estranhos – disse Marilla.

CAPÍTULO 2

Em Orchard Slope, a sra. Barry abriu a porta.

– Essa é a menininha que vocês adotaram?
– perguntou ela para Marilla.

Marilla respondeu que "sim" com um gesto de cabeça.

– Esta é Anne.

– Anne com "e" – disse Anne.

– Como vai? – perguntou a sra. Barry.

– Estou fisicamente bem, mas espiritualmente
inquieta, senhora – respondeu Anne.
E então, virando-se para Marilla,
acrescentou: – Isso não foi muito estranho, foi?

Marilla arqueou as sobrancelhas, e a sra. Barry
também.

– Bem, Anne, esta é minha filha Diana. Diana, por que não leva Anne lá fora para brincar? – disse a sra. Barry.

Diana estava sentada no sofá, lendo.

Ela olhou para Anne e sorriu alegremente. Anne sorriu de volta.

– Diana lê bastante – acrescentou
a sra. Barry para Marilla, enquanto
Diana levava Anne para fora.

Diana adorava ler, como Anne!
E o cabelo dela era preto como as asas
de um corvo, não vermelho.
Anne não gostava de seu cabelo vermelho.
Ela achava Diana perfeita.

Mas será que Diana gostaria dela?

CAPÍTULO 3

Anne e Diana caminharam no jardim. Elas olharam as flores. Diana colheu algumas.

Anne estava tão nervosa...
Não podia esperar mais.

– Ah, Diana – ela disse. – Você acha que pode ser minha amiga do peito?

Diana riu. Ela sempre ria antes de falar.

– Acho que sim – respondeu com franqueza.
– Será legal ter com quem brincar.

– Você jura ser minha amiga para todo o sempre? – perguntou Anne.

Diana pareceu ficar chocada.

– Não é bom jurar!

– Mas não neste caso – Anne apressou-se a dizer.
– Neste caso é apenas prometer solenemente.

– Bem, eu não me importo de fazer isso
– concordou Diana, aliviada. – Como se faz?

– Nós unimos as mãos... assim – disse Anne.
– E então dizemos: "Prometo solenemente ser leal à minha amiga do peito enquanto o sol e a lua existirem".

Diana riu outra vez.

– Você é uma menina engraçada, Anne Shirley. Mas acho que vou gostar muito de você. – Ela fez uma pausa. – Na semana que vem haverá um piquenique da escola dominical, com sorvete. Gostaria de ir?

– Se eu gostaria? Ah, Diana, eu nunca fui a um piquenique. Já sonhei com piqueniques, mas...

– Imagino que isso seja um "sim"? – Diana riu.

– Ah, sim! Positivamente sim!

CAPÍTULO 4

Pelo resto da semana, Anne falou do piquenique, pensou no piquenique e sonhou com o piquenique.

– Não vejo a hora! – exclamou ela para Marilla, quando estavam se preparando para sair na charrete. – Se bem que metade da alegria das coisas é esperar por elas.

– Realmente, Anne, você não consegue pensar em outra coisa que não seja o piquenique? – disse Marilla, colocando seu broche de ametista. Era uma joia muito valiosa.

– Não sei como *você* consegue pensar em outra coisa quando está usando isso – disse Anne. – Eu sei que não conseguiria. É perfeito, elegante. Você acha que as ametistas podem ser a alma das flores? Sabe, eu sempre pensei se...

Marilla suspirou, enquanto Anne continuava falando.

“Pelo menos ela não está falando do piquenique”, pensou Marilla.

CAPÍTULO 5

No dia seguinte, Anne estava descascando ervilhas. Seu pensamento, na verdade, estava no sorvete e na roupa que Diana poderia usar para o piquenique. Diana tinha vestidos com mangas bufantes.

Nesse instante, Marilla desceu de seu quarto. Ela estava com a testa franzida.

– Anne, você viu o meu broche? Achei que o tinha prendido no meu alfineteiro, mas não está lá.

Anne acenou lentamente com a cabeça.

– Você mexeu nele? – perguntou Marilla.

– S-i-i-m – disse Anne.

Marilla cruzou os braços.

– Não é certo entrar no quarto de outra pessoa e mexer nas coisas.

– Não farei isso novamente – disse Anne.
– Essa é uma coisa boa sobre mim. Eu não cometo o mesmo erro duas vezes.

– Onde você o colocou? – perguntou Marilla.

– Eu coloquei o broche de volta no lugar – respondeu Anne.

Marilla subiu novamente para olhar.
Ela voltou um momento depois.

– Anne, o broche sumiu. Você foi a última pessoa a mexer nele, como você mesma disse. Agora me diga... você o perdeu?

– Não – Anne respondeu, séria. – Não perdi. É verdade! É isso, Marilla.

Com "é isso", Anne queria reforçar que estava dizendo a verdade.
Para Marilla, pareceu uma grosseria.

– Vá imediatamente para o seu quarto,
e fique lá até que esteja pronta para
dizer a verdade!

– Devo levar as ervilhas? – perguntou
Anne, calmamente.

Marilla apenas apontou para a água-furtada
no lado leste da casa.

– Vá!

CAPÍTULO 6

Mais tarde, Marilla contou a seu irmão Matthew o que tinha acontecido. Matthew ficou intrigado. Mas ele confiava em Anne. Desde o início, ele e a menina se deram muito bem e se tornaram amigos de verdade.

– Será que não caiu atrás da penteadeira? – perguntou ele.

– Já olhei em toda parte – disse Marilla. – Anne pegou. Essa é a verdade, nua e crua.

Marilla não sabia o que fazer.

Naquela noite, Marilla subiu até o quarto de Anne. Os olhos da garota estavam vermelhos. Marilla sentiu pena, mas mesmo assim manteve-se firme.

– Você vai ficar aqui até confessar, Anne.

– Mas o piquenique é amanhã – choramingou Anne. – Você vai me deixar ir ao piquenique, não vai? Não posso perder, porque Diana vai estar lá! Eu nunca tive uma grande amiga antes, nem nunca fui convidada para um piquenique. Se você me deixar ir, ficarei aqui o tempo que você quiser... alegremente! Mas eu preciso ir ao piquenique.

– Você certamente não irá. Não enquanto não confessar.

Anne respirou fundo.

– Ah, Marilla!

Mas Marilla já tinha fechado a porta.

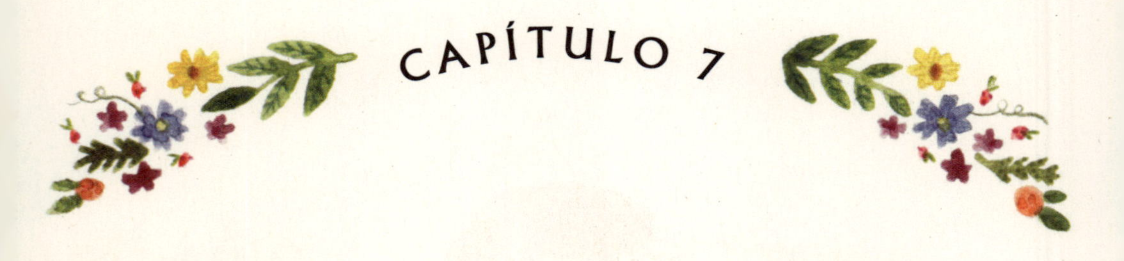

CAPÍTULO 7

O dia seguinte amanheceu perfeito para um piquenique. De sua janela, Anne só conseguia ver Orchard Slope e a janela do quarto de Diana. Provavelmente, Diana estava se arrumando para ir ao piquenique. Ela acharia estranho não encontrar Anne.

Havia somente uma coisa que Anne poderia fazer.

– Estou pronta para confessar – disse Anne, quando Marilla entrou.

Marilla colocou a bandeja do café da manhã na mesinha.

– Muito bem, diga.

– Você estava certa – disse Anne. – Eu peguei o broche. A tentação foi irresistível. Eu o prendi no meu vestido. Imaginei que era uma moça chique. É muito mais fácil imaginar que você é uma moça chique quando você está usando um broche de ametista de verdade. Eu pretendia devolvê-lo quando você voltasse para casa. Mas quando eu estava passando em cima da ponte, eu o tirei para olhar para ele na luz do sol. Ah, como ele brilhava! E quando eu estava debruçada na ponte... ele escorregou dos meus dedos... e caiu, lá embaixo, afundando para sempre no Lago das Águas Brilhantes.

Ela fez uma pausa.

– Essa é a minha melhor confissão possível – disse.

O rosto de Marilla ficou vermelho.

– Anne, você... você é a menina mais malcomportada que existe! – disse ela.

– Sim, eu sou – respondeu Anne. – E terei que ser castigada. Mas, por favor, me castigue logo, porque eu quero ir ao piquenique.

– Piquenique! Você não vai ao piquenique. Esse será o seu castigo.

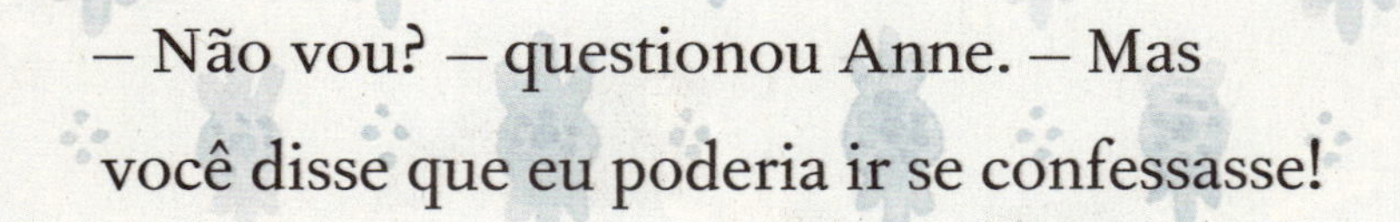

– Não vou? – questionou Anne. – Mas você disse que eu poderia ir se confessasse!

– Você não vai ao piquenique, e ponto-final.

Anne se jogou na cama, chorando.

CAPÍTULO 8

O dia passou. Anne não conseguiu tomar o café da manhã. Também não conseguiu almoçar. Seu coração estava partido. Quem consegue comer verdura cozida com o coração partido?

Marilla também estava triste. Matthew disse que ela estava sendo dura demais com Anne. Mas ele não tinha ouvido a confissão da menina.

– Parecia que ela não estava nem ligando por meu broche estar no fundo do lago – disse Marilla.

Marilla tentou manter-se ocupada.
Ela lavou a louça, fez pão e depois decidiu remendar seu xale. O xale estava em uma caixa dentro do baú.

Quando tirou o xale de dentro da caixa, ela prendeu a respiração. Ali, emaranhado no xale, estava seu broche!

5¢

– Ah, meu Deus! – exclamou Marilla.
– Aqui está o meu broche, são e salvo.
Lembro-me agora que, quando tirei o xale,
eu o coloquei em cima da penteadeira.
O broche deve ter ficado preso nele!

Ela foi no mesmo instante para o quarto
de Anne e mostrou para ela.

– Anne, por que você disse que tinha pegado o broche? – perguntou.

– Você disse que eu teria que ficar aqui até confessar – respondeu Anne.
– Então eu tentei pensar na melhor confissão que consegui.

Marilla suspirou. Sua boca se curvou
em um sorriso.

– Você não deveria confessar uma coisa
que não fez... Mas eu deveria ter acreditado
em você, em primeiro lugar. Se você me
perdoar, eu a perdoarei. E então, é bom
você se aprontar para ir ao piquenique.

Anne deu um pulo.

– Ah, Marilla! Mesmo?! Ainda dá tempo?

– São 2 horas, ainda – disse Marilla.
– Você tem tempo de sobra.

CAPÍTULO 9

O piquenique foi perfeito! Anne e Diana tomaram chá e remaram no Lago das Águas Brilhantes. Jane Andrews quase caiu do barco! Anne nem ligou por ser a única menina sem mangas bufantes.

Quando Anne contou para Diana que quase tinha perdido o piquenique, ela admitiu:

– Acho que a minha imaginação pode me causar problemas.

– Eu adoro a sua imaginação, Anne – disse Diana.

– Nós realmente temos muita afinidade.
– Anne suspirou, feliz.

E quando chegou a hora do sorvete...

– Estou sem palavras – Anne disse para Marilla, naquela noite.

– Bem, isso é novidade – disse Marilla. – Mas estou contente que você tenha gostado. E que você e Diana estejam se dando tão bem.

Depois que Anne foi se deitar, cansada e feliz, Marilla disse para Matthew:

– Estou contente porque ela foi. Ela não deveria ter inventado aquela história. Mas eu também deveria ter acreditado nela, desde o início. – Marilla suspirou e depois sorriu.
– Uma coisa é certa... Nenhuma casa será monótona com Anne Shirley morando nela.

E isso era verdade.